P. LOUIS JEAN ALBIN

« L'amour, la haine, — c'est
tout l'homme. »
A.

A Travers mes Amours

et mes Haines.

POÉSIES.

(Extraits.)

I. — GIBOULÉES. — II. — RIMES DE PRINTEMPS.
III. — LA GUERRE.

AMIENS,

IMPRIMERIE DE T. JEUNET,

45, RUE DES CAPUCINS.

—

M D CCC LXXIX.

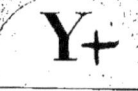

Ye

13878

P. LOUIS-JEAN ALBIN.

« L'amour, la haine, — c'est
tout l'homme. »
A.

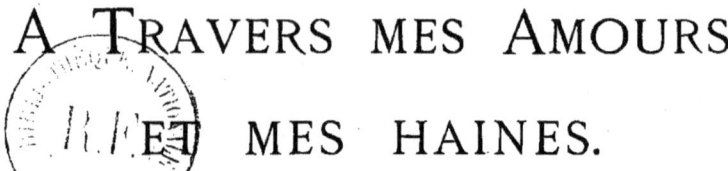

A Travers mes Amours et mes Haines.

POÉSIES.

(Extraits.)

AMIENS,

IMPRIMERIE DE T. JEUNET,

45, RUE DES CAPUCINS.

—

M D CCC LXXIX.

Extrait du Bulletin
de la Conférence Littéraire et Scientifique de Picardie.

Tiré à quelques Exemplaires.

POÉSIES.

GIBOULÉES.

A un Désespéré.

« . . . . . Il est vrai que le vent,
La pluie et le soleil s'y disputent l'empire. »
(A. DE MUSSET.)

Germinal par instants ressemble à *Messidor :*
On entend pousser l'herbe, on voit grandir la plante,
Et dans l'air inondé de lumière éclatante
Les rayons du soleil glissent en flèches d'or.

Mais soudain *Germinal* se déguise en *Brumaire :*
Le ciel bleu devient noir, les autans furibonds
Se jettent sur la terre en impétueux bonds
Et la nature en deuil pleure sa plainte amère.

C'est Mars ! C'est la saison qui tient la porte ouverte
Sur le proche Printemps et les prochaines fleurs,
C'est le mois où l'Hiver verse ses derniers pleurs,
Le mois où les grands bois tissent leur robe verte.

C'est Mars ! C'est la saison des malfaisantes grêles;
C'est Mars, le mois trompeur, le mois mauvais plaisant,
Le mois loustic qui joue et frappe, se plaisant
A coucher sous son fouet les branches encor grêles.

Image de la vie ! — Ainsi, tremblants d'alarmes,
Nous marchons désolés sur ses âpres chemins
Vers un sombre avenir, vers de noirs lendemains.....
Mais passe un doux sourire et se sèchent nos larmes.

Laissons donc sans pâlir s'acharner le Destin
Et cuirassons nos cœurs de froide indifférence,
Car le bonheur demain, — gardons-en l'espérance ! —
Nous convîra peut-être à son joyeux festin.

RIMES DE PRINTEMPS.

A Jane.

> O Printemps ! jeunesse de l'année !
> O Jeunesse ! printemps de la vie !
> (G....)
>
> —
>
> Mignonne, allons voir si la rose . . . .
> (RONSARD.)

Le Printemps nous ouvre la cage :
Pour écouter les gais pinsons
Jeter dans le vent leurs chansons,
Quittons notre cinquième étage,
Allons voir fleurir les buissons....
Le Printemps nous ouvre la cage.

Mignonne, mets ta robe blanche,
Et laisse, en l'honneur du printemps,
Sur ton cou, tes cheveux flottants
Ruisseler en blonde avalanche.
Pour aller courir, je t'attends !
Mignonne, mets ta robe blanche.

Aux aurores ensoleillées
Dont les sourires sont des pleurs,
Nous irons, en cueillant des fleurs,
A l'ombre des vertes feuillées,
Réveiller les merles siffleurs,
Aux aurores ensoleillées.

Nous irons dans les vapeurs roses
Des splendides matins d'Avril,
Apprendre l'amoureux babil
Des papillons d'or et des roses.
Pour chanter le Printemps gentil,
Nous irons dans les vapeurs roses.

Isolés de toute la terre,
Nous marcherons à petits pas,
En nous disant tout bas, bien bas,
Des choses pleines de mystère.
Tu rougis ? — Ne serons-nous pas
Isolés de toute la terre ?

Chère, chère, tends-moi tes lèvres
Pour qu'en baisers pieux et lents
J'y boive les aveux brûlants
Qui portent les ardentes fièvres
Dans ma veine en flots ruisselants..
Chère, chère, tends-moi tes lèvres.

O mie, ô douce enfant que j'aime !
Sur ton front si pur je voudrais,
Moi, l'esclave de tes attraits,
Mettre un orgueilleux diadème,
Mais je suis pauvre et ne saurais,
O mie, ô douce enfant que j'aime !

Je dirai ton nom sur ma lyre,
Je chanterai nos chers vingt ans
Et tes sourires éclatants,
Et ton amour et mon délire.
En folles rimes de Printemps,
Je dirai ton nom sur ma lyre.

LA GUERRE.

*A la mémoire de mon pauvre et vaillant ami Frédéric
Ba{ille, Sous-Officier au 3e Régiment de Zouaves, tué à
l'ennemi le 28 Novembre 1870 (Bataille de Baune-la-
Rollande).*

Je t'ai vu, brave enfant, dresser ta haute taille
    A l'ombre du drapeau.

Je t'ai vu, camarade, au feu de la bataille
    Défendre le drapeau.

J'ai vu ton sang couler par une large entaille
    Sur les plis du drapeau.

Et je t'ai vu mourir, frère, sous la mitraille,
    En baisant le drapeau.

—

O cher! à ton ombre grandie,
Moi, ton compagnon, je dédie
Ces strophes de ma muse en deuil.
Elles iront, forçant le seuil
De ta fosse, au fond du cercueil,
Te dire, ô mort, leur mélodie.
             (L. A.)

I.

On nous avait logés dans la plus vaste salle
D'un antique manoir habité seulement
Des hiboux. Un palais pour nous ! Béatement
Nos membres fatigués s'allongent sur la dalle.

C'est que nous avions fait ce jour-là double étape,
Sac au dos, sans souliers, les pieds ensanglantés,
Le ventre creux, et tous nous étions enchantés
D'être arrivés enfin ! Voyez, chacun se drape

Dans son bleu capuchon et se livre au sommeil.
Comme il fait bon dormir près d'un grand feu qui flambe
Quand pendant tout un jour on a tiré la jambe !
Que le repos est doux et quel charmant réveil !

Devant nous trois fagots se tordent dans un âtre
Fait pour une forêt. Heureux et souriants,
Nous contemplons avec de petits airs friands
La flamme qui nous danse un quadrille folâtre.

Les paysans voisins apportent des denrées ;
Aux grands fûts les bidons s'emplissent à l'envi ;
Le vin donne la force et fait le cœur ravi....
Quelle fête aujourd'hui dans toutes nos chambrées !

Dans les quarts de fer-blanc le vin clairet ruisselle
Et c'est l'espoir qui fait fonctions d'échanson.
Oh ! caporal Albert, dis-nous une chanson :
La plus franche gaîté dans les yeux étincelle.

Alors, tandis que l'un astique son fusil,
Qu'un autre avec amour rend sa lame tranchante,
Un jeune caporal lève son verre et chante
Ces couplets dans lesquels passe un souffle viril :

II.

CHANSON.

—

C'est demain le jour de bataille,
C'est demain qu'il faudra mourir !
Buvons ce soir, vaille que vaille !   (*bis*)
Je porte un toast à la mitraille
Qui de tous maux va nous guérir.

—

Refrain.

Versez, amis, versez à boire,
Versez le vin de pourpre et d'or !
Frères, buvons, buvons encor
A la Patrie, à la Victoire,
           A la Victoire,   (*bis*)
           A la Mort !

—

Ce soir notre joie est parfaite,
Car c'est demain jour de combat,
Jour de bonheur et jour de fête.   (*bis*)
Hourrah ! Je bois à la défaite
Des ennemis qui sont là-bas !

—

Demain, mes braves camarades,
Nous mettrons baïonnette au vent
Sous les obus et les grenades ;   *(bis)*
Mais ce soir, à pleines rasades,
Le Destin nous verra buvant.

—

Versez du vin, car dans la foudre
Demain nous nous élancerons
Grisés de colère et de poudre ;   *(bis)*
Demain nous allons en découdre,
C'est du sang que nous verserons.

—

Laissons s'envoler nos pensées
Vers nos pauvres et chers parents
Et vers nos amours délaissées,   *(bis)*
Vers nos mignonnes fiancées
Aux sourires si pénétrants !

—

Eh quoi ! j'ai les yeux pleins de larmes,
Dans les vôtres, j'en vois aussi....
N'y pensons plus et sans alarmes   *(bis)*
Buvons ! J'entends crier : Aux armes !
Le jour est venu, le voici !

—

Tous en avant ! Le clairon sonne,
A l'horizon passe un éclair ;
L'acier brille, le canon tonne,   *(bis)*
La mitraille siffle et bourdonne,
La charge bat, — déchirant l'air !

~~~~~~~~~~~

III.

LA BATAILLE.

—

Pour venger le Présent et faire l'Avenir,
O France, mère bien-aimée,
De leurs aïeux gardant l'immortel souvenir,
Tes enfants pour toi vont mourir !
O France, bénis ton armée !

Voici le jour. — Au ciel les étoiles pâlissent ;
Le Matin souriant chante dans les grands blés ;
C'est le réveil. — Au camp les clairons retentissent,
Annonçant la bataille aux soldats assemblés.
La Patrie en danger appelle tous ses braves,
Et brandissant le glaive au bleuissant éclair
Elle crie : En avant ! — Et l'on voit, fiers et graves,
Se ruer à la mort les bataillons de fer.

Midi ! — Le grand soleil éclaire la tûrie
Et fait un nimbe d'or aux drapeaux frissonnants
Qui, portant dans leurs plis l'espoir de la Patrie,
Flottent, audacieux, sous les canons tonnants.
On frappe, on tue, on meurt. La froide baïonnette
Grince et trouant la chair va déchirer le cœur ;
La crosse en s'abattant siffle, brise une tête,
Et le bronze affolé rugit avec fureur.

Le jour baisse. — Des cieux tombe le crépuscule ;
On lutte corps à corps dans la boue et le sang ;
Mais le nombre l'emporte et la France recule
Lentement, pas à pas, le regard menaçant.
Aux dernières lueurs des moissons consumées
Les nôtres vont tenter un gigantesque effort.......
Et dans l'air, à travers les bruits et les fumées,
Passe, fauchant la vie, un fantôme : la Mort.

Les escadrons martyrs sont prêts et les mitrailles
Ne feront point pâlir les fronts de ces ardents.
Sur le cou des chevaux, penchant leurs grandes tailles,
Ils vont, colère au cœur, sabre en main, bride aux dents.
Dans les rangs allemands voyez passer la charge,
Effroyable ouragan ! Ils vont ! Ils vont toujours !
Pas un ne reviendra, mais la trouée est large
Et les morts ennemis indiquent leur parcours.

Un silence de deuil. — Dans la nuit froide et sombre
Douze coups sont tombés des vieux clochers branlants.
Des prés, des bois, des champs, des hauts taillis pleins d'ombre
Se dressent de nos morts les fantômes sanglants.

Fantassins, Cavaliers, entassés pêle-mêle ;
A l'heure de minuit lèvent leurs pâles fronts
Pour écouter le vent qui porte sur son aile
Les fracas de la poudre et le chant des clairons.

—

Pour venger le Présent et faire l'Avenir,
    O France, mère bien-aimée,
Tes enfants voulaient vaincre et n'ont pu que mourir
    En t'envoyant leur suprême soupir.
    France, pardonne à ton armée !

IV.

Au pays, les parents attendent
Celui qui ne reviendra pas
Et tressaillent quand ils entendent
Dans la nuit quelque bruit de pas.

C'est lui, c'est lui ! — Non, pauvre père !
C'est son ami. Ton fils est mort !
Et bien loin sous la lourde terre,
Avec sa balle au cœur il dort.

Et de tous les points de la France,
Des villages et des cités,
Montent vers les cieux attristés
Des sanglots de désespérance.

Ah ! — dit la mère désolée, —
Il m'aimait tant, le cher petit !
Que l'envahisseur soit maudit !
— Elle se tord, échevelée.

— Qu'il soit maudit l'envahisseur !
Qu'elle soit maudite, la guerre !
Mon frère était si beau naguère ! —
Murmure la petite sœur.

L'épouse en pleurs dit à l'enfant :
— O mon fils, tu n'as plus de père !
Ne grandis pas, car sur la terre
Le crime règne triomphant.

Où sont-ils, douce fiancée,
Tes roses projets d'avenir ?
Hélas, un triste souvenir
Te reste seul, ô délaissée !

V.

Oui, maudite sois-tu, Guerre impie et féroce,
Dont le bras homicide, armé du glaive atroce,
    Saigne l'humanité !
Oui, maudite sois-tu, Guerre ! toi qui proclames
Que le Droit n'est qu'un mot et détruis dans les âmes
    Toute fraternité !

Oui, maudite sois-tu, Guerre folle et sauvage !
Le livre de l'Histoire humaine à chaque page,
    Dès les commencements,
Nous montre ta hideur et les larmes qui coulent
Des yeux des mères et les flots de sang qui roulent
    Sur des débris fumants !

Oui, maudite sois-tu, Guerre fauve et cruelle !
Pourvoyeuse de mort, qui d'un coup de ton aile
    Comme d'un coup de faux,
Frappes dans nos sillons, abats cent mille vies,
Et plonges dans le sol tes mains rouges, ravies
    De creuser des tombeaux !

Oui, maudite sois-tu, Guerre, effrayant vampire,
Dont la bouche collée aux flancs du monde aspire
    Le plus pur de son sang !
O Guerre, je t'ai vue, effroyable prêtresse
Des charniers, te rouler en ton ignoble ivresse
    Au ruisseau rougissant.

Oh ! quand donc brillera, là-haut, l'astre superbe
De la Paix ? Oh ! quand donc la fleur qui rit dans l'herbe
    Ne verra-t-elle plus
Ses pétales souillés de sang ? O tendres mères,
Quand donc s'arrêtera de vos larmes amères
    L'épouvantable flux ?

Aujourd'hui, dans les bois, sous la feuillée ombreuse,
Gazouille l'oiselet et sa famille heureuse
    Répète ses chansons....
Aux champs ensoleillés, Jeanne, alerte et mutine,
Joue avec son promis et se cache, taquine,
    Derrière les buissons.

Demain ! — Ah ! c'est la Guerre ! Et sur le gazon tendre
Où, par deux, les amants venaient le soir entendre
    Les hymnes purs et beaux
Du rossignol, — des morts sont étendus, livides,
Semblant fixer le ciel de leurs orbites vides
    Qu'ont creusés les corbeaux !

C'est la Guerre, celà ! la Guerre !! Oh ! mais l'espace
S'éclaire et le rayon éblouissant qui passe
    Zébrant l'horizon d'or,
Sur l'avenir prochain jette ses lueurs calmes;
La Paix descend, les mains pleines de vertes palmes,
    Vers nous, d'un large essor.

VI.

Ainsi devant ces morts et ces crimes je rêve.
Mon être se révolte à ces égorgements ;
Et l'esprit encor plein des épouvantements
Du massacre, j'appelle une éternelle trêve,

Quand devant moi se dresse une vision pâle :
— O ma France ! ô ma mère ! ô mon amour ! C'est toi?
Je t'aime ! A ton enfant, dicte, dicte ta loi ;
Parle, je t'appartiens jusqu'à mon dernier râle.

Ah ! laisse-moi baiser tes douces mains chéries !
Laisse-moi, laisse-moi, France, essuyer tes pleurs !
Je t'aime tant, Patrie, ô Mère des Douleurs !
Parle, parle !

— « Je songe à mes filles meurtries,
A l'Alsace au front pur, à la blonde Lorraine
Qui du fond de l'exil tendent vers moi leurs bras.
Ah ! la guerre est parfois juste. — Tu sentiras
En ton cœur, quelque jour, soldat, gronder la haine ! »

VII.

La vision s'est effacée,
Et de ma poitrine oppressée
Jaillit le cri de ma pensée :
Patrie, à toi tout mon amour !
Si les Destins voulant la guerre,
La rendent encor nécessaire,
Pour ton Droit, nous saurons la faire,
France, et tu le verras un jour.

16552. — Amiens, Imp. T. Jeunet.

www.ingramcontent.com/pod-product-compliance
Lightning Source LLC
Chambersburg PA
CBHW061420170626
46811CB00005B/2063